LEI

I0521188

♀

ROSEN

Non hai idea di che razza di viaggio
mi sto facendo su di te

Indice

Vuotati e sarai pieno

Negli ultimi anni, più o meno consciamente, mi sono progressivamente svuotato. Atteggiamenti, comportamenti e abitudini radicate in me da decenni mi stanno abbandonando. Era ora.

Amo la filosofia taoista, che poggia su concetti come "vuotati e sarai pieno", "logorati e ti rinnoverai", "piegati e starai dritto"; nel seguirla comincio a vedere dei frutti.

Tuttavia, ogni volta che perdo qualcosa, il mio sé si ritrova a confrontare due pensieri opposti: da un lato si rammarica pensando che mi mancherà qualcosa di importante, dall'altro si rallegra perché ho creato nuovo spazio per accogliere ciò che dal futuro arriverà. La mia solita natura bipolare.

Il principale svuotamento, avvertito negli ultimi due anni, riguarda il rapporto con il femminile.

Dopo la fine di quella che, fino ad oggi, ritengo essere stata la mia storia d'amore più bella, nell'anno seguente mi sono rituffato con un certo impegno nel mondo delle donne, come in passato è sempre avvenuto dopo la fine di una relazione importante.

Si è trattato del solito tentativo di compensare con la quantità, la qualità dell'amore che avevo appena perduto, un po' come il voler ubriacarsi per dimenticare.

Circa una dozzina di relazioni in poco più di un anno. Quelle più lunghe sono durate quattro o cinque incontri, distanziati tra loro di diverse settimane, a volte di mesi; nella maggior parte dei casi però erano di storie di un solo incontro, al massimo due.

Erano sempre di donne che vivevano a centinaia di chilometri da casa mia, oppure, in qualche caso, impegnate in altre relazioni. In sostanza mi collocavo in situazioni dalle quali potevo facilmente mantenere le distanze: esigenza evidentemente prioritaria per farmi stare tranquillo.

Per tutte queste persone ho sì provato attrazione, simpatia, affetto e piacere nello stare insieme, ma niente di più. Con il passare del tempo mi rendevo conto di essere ancora agganciato all'amore perduto, pensando che nessuna l'avrebbe mai potuto sostituire.

Poi, nell'anno successivo, è avvenuto un cambiamento: ho cominciato a frequentare una ragazza della mia città, lasciando andare tutte le altre storie che avevo in giro. Questa relazione, con alti e bassi, con pause anche di un mese intero senza vedersi né sentirsi, è comunque andata avanti per circa un anno.

Da dodici a una è stata una bella svolta, indicativa del fatto che in me stesse avvenendo un processo di trasformazione, ma non ero innamorato.

Quando anche questa relazione è naufragata, è avvenuto un nuovo click: sei mesi consecutivi senza frequentare donne e senza far l'amore.

Penso non mi fosse mai successo, a parte forse quando ero sposato ed era appena nato il primo figlio.

Da dodici, a uno, a zero.

Le varie sub-personalità che albergano in me hanno cominciato a interrogarsi su questa nuova situazione e le loro voci, che prendono forma nella mia testa, sotto forma di pensieri, a dire la loro in proposito.

Posso semplicisticamente ridurre il dialogo interiore in queste due (vabbè chiamiamole così) "scuole di pensiero".

I pensieri negativi

Sei uno sfigato. Non piaci più a nessuno. Sei uno stronzo. Hai sempre trattato le donne di merda e adesso hai ciò che ti meriti. Hai bruciato tutto ciò che di bello hai avuto. A nessuno importa nulla di te. Non vali niente. Morirai solo.

Commento del mio sé: *"Minchia!"* *"Facciamo così, uccidetemi subito così non ci penso più."*

I pensieri positivi

Tutto ciò che ti accade è perfetto, tutto è parte di un disegno: se il rapporto con le donne adesso si sta svuotando completamente, è perché ti stai preparando ad accogliere e ad apprezzare al meglio, il nuovo amore che arriverà.

Commento del mio sé: *"Ok, venduta!"* *"Scelgo questa versione!"*

Ma tutto quello che ho scritto sinora è soltanto un preambolo, utile soltanto ad inquadrare lo stato emozionale nel quale mi trovavo nel momento in cui, per la prima volta, vidi Lei.

Eccola

La vidi in un bar, dove non ero mai stato e mi collegai, non so come, a Lei soltanto guardandola per pochi istanti.

Il portamento era di una regina, l'abbigliamento sobrio, sportivo ma elegante.

S'intuiva che i capelli, seppur raccolti accuratamente, fossero quelli di una selvaggia.

Il fisico era... Pentesilea, il viso... Cleopatra.

Pagò il suo caffè e uscì; io rimasi nel bar un po' stordito a mormorare tra me e me: "Porca puttana, ma quanto è figa?", con l'espressione che ti si dipinge sul viso quando ti trovi improvvisamente davanti a qualcosa di enorme e fai fatica a crederci.

"Porca puttana", ripetevo mentre tornavo alla macchina, "Porca puttana", a ora di pranzo.

"Porca puttana", mi dissi ancora una volta quando la sera mi coricai.

Dal giorno successivo, quello diventò il bar dove far colazione ogni mattina, sempre nella fascia oraria nella quale l'avevo incontrata.

Il posto mi tornava abbastanza scomodo: vie strette, lavori in corso, parcheggi a pagamento; ma tutto ciò non era di alcuna importanza.

Possiedo una naturale timidezza che ho sempre combattuto con forza, comprendendo che, altrimenti, sarebbe sempre stata un mio grosso limite.

In quel periodo, mi trovavo in un momento della vita in cui, per usare un eufemismo, non proprio tutti i giorni mi sentivo il Re di me stesso, come invece dovrebbe essere.

La rividi alcune volte, la guardavo senza che se ne accorgesse.

All'inizio non avevo capito quanto mi piacesse ed entravo nel bar sperando di incontrarla per costatare che *"tutto sommato non era poi questo gran che"*. Invece ogni volta che la vedevo, mi sembrava sempre più bella.

In un paio di occasioni, come un fottuto maniaco, uscii dal bar prima di Lei per sedermi in macchina aspettando la sua uscita, solo per il gusto di guardarla camminare.

Avevo cominciato a scambiare un saluto con altri clienti del bar che conoscevo di vista o che comunque incrociavo quasi tutte le mattine e così, un giorno, lo rivolsi anche a Lei.

Mi guardò e rispose "Ciao", sorridendo.

Capii di essere istantaneamente precipitato nell'invisibile rete della sua energia, rispondendo al sorriso con un'espressione probabilmente inebetita.

Nei giorni successivi il saluto divenne un'abitudine, era diventato uno dei motivi per cui alzarmi presto, anche quando non dovevo portare i figli a scuola; l'occasione per andare in città ogni mattina, anche quando non avevo nulla da fare e avrei potuto lavorare tranquillamente da casa.

Durante il fine settimana, mi scoprivo a volte ad aspettare con trepidazione l'arrivo del lunedì. Manco fossi un parrucchiere.

Quando Lei c'era, andavo a salutarla, anche se si stava facendo i fatti suoi al cellulare o se stava leggendo. Mi rispondeva sempre con garbo. Quando, certe mattine, non la vedevo, un po' mi dispiaceva.

Avevo cominciato a pensare a quale potesse essere il suo nome e di che cosa si occupasse.

Una vocetta con tono giudicante dentro di me diceva: "Forse sarà il caso di chiederglielo che dici?", aggiungendo, "Oppure te la fai sotto?"

"Sì", rispondeva un'altra delle mie voci, "Hai indovinato, me la faccio sotto."

Eppure quando vent'anni fa andavo per locali, attaccavo discorso decine di volte in una serata; oserei dire che non facevo altro: musica e ballo non li calcolavo neppure.

Com'è possibile che ora non riesca a trovare nemmeno il coraggio di domandarle semplicemente il nome?

La solita voce mi rispondeva:
"Beh lo sai il perché…perché è Lei."

Chiuso per ferie

Una mattina trovai la serranda del bar abbassata ed un cartello che indicava la chiusura per tutta la settimana. Non l'avrei vista per dieci giorni consecutivi. Mannaggia.

Quella settimana provai, un paio di volte, ad andare a prendere un caffè in qualche bar nelle vicinanze di quello chiuso, sperando di incontrarla casualmente, ma senza esito.

"Che sto facendo?", mi domandavo ogni tanto. "Mah... Devi essere impazzito", rispondeva una delle voci.

Il lunedì successivo, alla riapertura del nostro bar *(Oddio ho detto "nostro"),* mi ripresentai carico e pimpante, come se stessi andando a Los Angeles a ritirare l'Oscar.

La prolungata lontananza aveva accresciuto il desiderio e mi ero ripromesso di trovare il coraggio per rivolgerle la parola, al di là del solito "Ciao".

Prima di entrare mi ripetei, guardandomi nello specchietto retrovisore della macchina: "Assolutamente sì, stavolta lo faccio".

Quel lunedì nel bar Lei non venne, neanche il giorno dopo e nemmeno quello ancora seguente. Si arrivò a giovedì e Lei non si era vista.

Cominciai a pensare che avesse cambiato bar, o lavoro, o città.

"Sono un coglione, adesso come faccio che non so nemmeno come si chiama?"

"Dovevi deciderti prima!" aggiunse una voce giudicante che, guarda caso, mi pareva ricordasse vagamente quella di mio padre.

Il venerdì però, entrando nel bar, la trovai lì.

Euforia

L'emozione mi fece un po' perdere il controllo, ma potremmo anche dire che suonò la sveglia.

Sovreccitato dallo scampato pericolo di averla persa di vista per sempre, andai dritto verso Lei senza alcun freno inibitore, rivolgendole delle parole che, soltanto una settimana prima, non avrei mai immaginato di poter pronunciare:

"Ciao, ma dove eri finita?", dissi come fossimo vecchi amici.

Poi aggiunsi sorridendo: "Non farmi più questi scherzi, perché sappi che io vengo in questo bar soltanto per vedere te."

Realizzai soltanto in un secondo momento di aver usato un tono di voce tale da essere udito da tutto il bar.

Alla faccia della timidezza. Vabbè ormai è fatta oh.

Lei apparve piuttosto meravigliata di questa mia sortita, non saprei dire se fosse più imbarazzata o divertita.

Lo scopo di un primo approccio, secondo il mio modo di pensare, sarebbe sempre quello di far sorridere, ma è inevitabile che l'imbarazzo faccia sempre parte del gioco.

Le domandai il nome. Quando Lei lo pronunciò io le risposi che non era quello che avevo immaginato. Non so spiegare perché feci quest'affermazione, forse pensai di poter risultare simpatico, invece mi incartai da solo in una frase che non aveva alcun senso. Dannazione.

"Maverick, riprendi il controllo!", m'intimò dalla testa una vocetta dal tono militare, che ogni tanto spunta fuori dal nulla.

Riuscii a fare almeno un mezzo respiro, e le domandai dove lavorasse. La conversazione durò pochi secondi, Lei pronunciò soltanto qualche sillaba per rispondere alle mie domande, poi se ne andò.

Le avevo rivolto la parola! Accidenti! Un sorriso mi si era stampato in faccia; si era inchiodato lì e non se ne voleva andare. Tipo paresi.

Tornai a casa e tutto quello che avevo intenzione di fare quella mattina, fu rimandato. La mia unica idea era il cercarla sui social: conoscevo il nome di battesimo ed il luogo di lavoro.

La trovai.

Mentre aprivo la sua pagina, riconoscendola nella foto profilo, il cuore batteva un pochino più rapido del solito.

Delusione

Ha un compagno, che la tagga in tutte le foto possibili e/o immaginabili. Vivono insieme con tanto di prole.

"Noooooo…", udii il coro rammaricato delle diverse voci dei miei archetipi, come fossero tifosi che hanno appena visto fallire un rigore nella finale.

Mi resi conto, solo in quel momento, di non aver mai tenuto conto di un'eventualità del genere.

Nella mia testa Lei era Lei, e basta. Con la fantasia avevo già creato un futuro che la comprendesse nella mia vita.

"Eh già, tu pensavi che la super-mega-figa-ultragalattica-interplanetaria se ne stesse qui al bar da una vita ad aspettare te? … Ma mi faccI il piacere su…", disse, con la voce di Totò, una mia sub-personalità particolarmente sarcastica.

Realtà

Tendo sempre a pensare che la realtà che circonda ognuno di noi funzioni, per così dire, a "effetto specchio". Ecco perché avevo immaginato che l'attrazione, che io avevo cominciato a provare fin dal primo momento, dovesse essere stata percepita in qualche modo anche da Lei. Non avevo però immaginato ostacoli.

Una volta, al bar, l'avevo vista fare colazione insieme a questo ragazzo. Guardandoli, mi ero fatto l'idea che fossero amici o colleghi, non avevo avvertito la sensazione di trovarmi di fronte ad una coppia. Invece dalle foto sembra la famiglia perfetta del Mulino Bianco: belli, sorridenti felici, sempre in giro a visitare città, musei, ristoranti ed eventi di ogni genere. "Forse come tata hanno Mary Poppins", aggiunse la vocetta sarcastica.

Ripensando all'approccio un po' spregiudicato di quel mattino, provai un po' d'imbarazzo e cercai subito di auto-giustificarmi: "In fondo non ho niente di cui rimproverarmi però", pensai, "in quel momento ero in preda ad un entusiasmo che non potevo controllare e comunque, in fondo, non ho mancato di rispetto a nessuno."

Tempo fa ho promesso a me stesso che non avrei più frequentato donne sposate o comunque impegnate in una relazione con altri, ed ho intenzione di mantenere fede a questo impegno. Non voglio partecipare a segreti o a tradimenti, sono energie negative da cui stare alla larga.

Se si trattasse soltanto di sesso occasionale poi, potrebbe andar bene una donna che lo fa anche con altri, ma se si tratta di amore, allora no.

Una parte di me decise di chiudere Facebook, di lasciarla in pace e di cambiare bar. L'altra parte, quella che probabilmente non governo, mi fece cliccare: "Aggiungi agli amici".

Una delle mie voci commentò: "Beh, che male c'è, ogni persona ha centinaia o migliaia di amici sui social".

Un'altra invece, m'incalzò dicendo: "Scusa, ma che avresti intenzione di fare?"

Imbarazzo

Il giorno dopo, non me la sentii di andare in quel bar e restai a casa.

Aprendo le notifiche con l'idea di verificare se Lei avesse accettato il contatto, trovai invece, tra le nuove richieste di amicizia ricevute, quella del suo compagno.

TA-TAAANN

Per alcuni istanti restai basito (che poi è solo un modo educato per dire che ci rimasi di merda). Poi mi costruii l'idea di ciò che potesse essere successo.

Ipotesi 1: Lei, tornando a casa, dopo aver subito il mio approccio piuttosto diretto e vedendosi arrivare per giunta la richiesta di amicizia da uno che, in qualche modo, si era sbattuto per riuscire a reperire il suo cognome, mi ha battezzato come "stalker" ed ha pensato quindi di far presente la cosa a lui. Nella mia testa immaginai avesse detto qualcosa del tipo: "Guarda c'è questo tizio che oggi al bar ci ha provato brutalmente davanti a tutti e adesso, non so come, ha trovato il mio profilo e mi ha chiesto l'amicizia." A questo punto lui, si è frapposto con un messaggio semplice ma piuttosto chiaro: tu chiedi l'amicizia a Lei, invece trovi me. A buon intenditor poche parole. Ci sta, no? Mi è parsa questa l'ipotesi più probabile.

Ipotesi 2: lui mi ha chiesto l'amicizia per puro caso (probabilità zero virgola zero, zero, uno).

Ipotesi 3: lui ha avuto accesso alle notifiche suo profilo e, nel vedere la mia richiesta di amicizia, ha agito in autonomia (poco probabile ma possibile).

Comunque sia, senza pensarci troppo, cancello la richiesta di amicizia del tipo e chiudo l'app.

A questo punto, più che rimanerci male, provo un certo senso di vergogna.

Una vocetta dice: "Te l'avevo detto... è una donna impegnata, ha una sua famiglia... che cosa vai a chiedere l'amicizia?". "E poi", aggiunse, "vogliamo parlare di come cazzo l'hai approcciata nel bar, così senza ritegno?"

Per tutto il giorno nella mia testa girò in loop una frase: "Minchia che figura di merda che hai fatto!"

"Me ne guarderò bene dal tornare ancora in quel bar", mi dissi, "proverei un imbarazzo terribile nel trovarmeli davanti".

"Ormai è deciso, la faccenda è archiviata, l'errore è stato fatto: sono andato ad approcciare la donna sbagliata, nel modo sbagliato."

"La fatica più grande", mi dissi, "ora sarà cercare di dimenticarmi della sua esistenza, perché ormai è da quasi un mese che continuo a pensare a Lei tutti giorni e le abitudini, si sa, sono sempre dure a morire".

"Vabbè dai", ripetei tra me e me, "ne ho passate di peggio".

La mattina dopo, guardando le notifiche sul telefono, mi accorsi che Lei aveva accettato la mia richiesta di amicizia.

Non capisco

Per mia natura, quando si tratta di interpretare un fatto sono piuttosto aperto ad accogliere ogni ipotesi.

Ormai di cose inspiegabili, dal punto di vista della logica o della scienza tradizionale, nella vita ne ho viste parecchie e sono quindi propenso a ritenere possibile tutto. Beh dai, non proprio tutto, diciamo quasi. Ad esempio una cosa che non ritengo possibile è che un cane caghi un violino.

Per dire.

Nel momento in cui vidi che Lei aveva accettato l'amicizia, per qualche istante il mio personale sistema operativo s'impallò, come cercasse di fare un aggiornamento in assenza di connessione. Non riuscivo a capire.

"Ma come?", mi dissi, "allora tutto quello che ho pensato non è vero!"

La mente cominciò subito a voler rivalutare tutto lo scenario, alla luce di questo nuovo episodio: *"Allarme rosso, allarme rosso, assemblea generale di tutte le sinapsi a disposizione; radunare immediatamente archetipi e vocette di ogni genere."*

Indaghiamo: che significato aveva avuto l'intervento del compagno, se poi seguito, due giorni dopo, dalla concessione di amicizia da parte di Lei?

Ecco decollare un susseguirsi inarrestabile di seghe mentali, condivise anche con un paio di amici, ai quali ho sentito il bisogno di raccontare la storia per avere un parere esterno il più possibile obiettivo (senza ovviamente fare il nome di Lei, ci mancherebbe).

Primo pensiero

"Lui ha accesso al suo profilo, ha visto la mia richiesta di contatto, mi ha manda la sua per avvertimento; ma di tutto ciò Lei non ne sa nulla."

Secondo pensiero (suggerito da un amico che a questo punto ritengo più fuori di testa di me)

"Lei ha accettato l'amicizia, dopo averne parlato con il compagno, per vedere che cosa hai intenzione di fare; fino a quale punto ti vuoi spingere; ti vogliono mettere alla prova!"

"Alla prova?", gli rispondo, "Minchia ma chi sono questi? Quelli della C.I.A.?"

Dai è impossibile che loro si facciano un viaggio del genere, questa ipotesi la scarto.

Terzo pensiero

"Com'è possibile che una donna così figa come Lei, di fronte ad una richiesta di amicizia FB coinvolga e interpelli il compagno come se non se la potesse cavare da sola a liquidare qualcuno? Non sarebbe semplicemente bastato non accettare la richiesta?

Quarto pensiero
Chissà se le piaccio?

A seguito di questo nuovo sviluppo, avvertii il dovere morale (si traduca in "faccia tosta") di ricominciare a frequentare quel baretto.

Oggi

Stanno passando le settimane, anzi i mesi, ed io, quasi tutte le mattine, vado là per vederla. Mediamente riesco a incrociarla due o tre volte la settimana. Spesso sono intimidito e non la guardo, addirittura faccio finta di non vederla. Altre volte cerco i suoi occhi per un saluto, ma non mi guarda. A volte invece mi saluta prima Lei.

Ogni tanto ci ritroviamo al bancone, gomito a gomito, senza guardarci né salutarci.

Una volta oltre al "Buongiorno", ha pronunciato anche il mio nome.

E' stato un po' come udirlo per la prima volta in vita mia. Avrei voluto chiederle di ripeterlo cento volte.

Quando mi saluta, Lei a volte sorride.

E' come essere investiti dalla luce del sole di mezzogiorno uscendo da una stanza buia: non puoi guardarlo perché ti acceca.

Forse è per questo, che fatico a sostenere il suo sguardo.

Su Messenger non Le ho mai scritto per due motivi: perché ha un compagno e perché continuo a pensare che i messaggi non li leggerebbe soltanto Lei.

Comunicare

Vorrei scusarmi, nel caso in cui quella volta io possa essere risultato invasivo o comunque inopportuno; magari l'ho messa in imbarazzo di fronte alle altre persone presenti nel bar.

Le vorrei anche raccontare tutto quello che ho pensato da quando l'ho vista per la prima volta, del viaggio che mi sono fatto pensando a Lei. A voce non ci riuscirei mai: mi vergogno, poi nel bar c'è casino, un sacco di gente, ci vorrebbe anche del tempo e non ritengo nemmeno opportuno cercare di appartarmi in un tavolino solo con Lei.

Così, ho deciso di scrivere questo racconto, e di consegnarglielo.

Non dirò mai a nessuno chi è Lei.

Perché

Verbale del summit avvenuto tra le mie sub-personalità che si confrontano sul perché io abbia scritto questo racconto.

Una prima voce dice:
"Perché vai a rompere le balle a una che è lì tranquilla, con la sua "situa" perfetta e beata". "Sei uno stronzo, ha ragione la tua ex-moglie. Ha ragione la tua ex-fidanzata".

Una seconda voce:
"Un momento! Se esistesse una persona che si è fatta un volo pindarico del genere su di me, al punto di scriverci sopra una storia, questo a me piacerebbe saperlo!"

Una terza voce taglia corto dicendomi:
"Non potevi evitare di farlo perché sarebbe stato un rimpianto, ed è brutto avere rimpianti: è come aver rinunciato con la mente ad un pezzo della tua vita che il cuore, invece, avrebbe voluto conoscere."

Domani

Penso che dopo averle consegnato questo racconto non andrò più in quel bar.

Che effetto farà a Lei la lettura? Non lo so, spero la faccia sorridere. Forse mi chiederà di sposarla. Forse penserà che io sia completamente pazzo. Vabbè.

So soltanto una cosa: che ognuno di noi è il solo e proprio unico limite.

www.davide-rosen.com